I0803712

EMPEZANDO

LOS CAMIONES GRANDES

MEG GREVE

CREATIVE EDUCATION • CREATIVE PAPERBACKS

ÍND

ICE

VEO UN CAMIÓN GRANDE.

Este camión circula en autopistas.

Un camión grande también es conocido como camión de carga.

¡Algunos tienen 18 ruedas!

Los camiones grandes llevan cargas enormes.

Pueden transportar
comida, troncos
o incluso animales.

Una placa llamada quinta rueda conecta al vehículo tractor con el tráiler.

El tráiler
y el vehículo
tractor encajan
como piezas de
rompecabezas.

Ella conduce con un enorme volante.

El conductor bosteza.
Se detiene fuera del camino.
Se mete a la cabina dormitorio.

Después de descansar, ¡seguirá conduciendo!

HAZ UN SONIDO

¡PI! ¡P

¡PI! ¡PI!

¿Puedes imitar los sonidos de un camión grande?

Escucha estos sonidos:

https://www.youtube.com/shorts/U4oTyATf7iE

¡Ahora te toca a ti!

PALABRAS DE CAMIONES GRANDES

autopistas: Caminos grandes que conectan ciudades y pueblos.

cabina dormitorio: El área del camión donde el conductor puede dormir.

transportar: Llevar algo de un lugar a otro.

volante: La rueda a la que el conductor le da vuelta para manejar el camión.

961132
63958RP

ÍNDICE ALFABÉTICO

PUBLISHED BY CREATIVE EDUCATION AND CREATIVE PAPERBACKS
P.O. Box 227, Mankato, Minnesota 56002
Creative Education and Creative Paperbacks are imprints of The Creative Company
www.thecreativecompany.us

LIBRARY OF CONGRESS CATALOGING-IN-PUBLICATION DATA
Names: Greve, Meg, author.
Title: Los camiones grandes / by Meg Greve.
Other titles: Big rigs. Spanish
Description: Mankato, Minnesota : Creative Education and Creative Paperbacks, [2025] | Series: Empezando | Includes index. | Audience: Ages 4-7 | Audience: Grades K-1 | Summary: "Big rigs will introduce budding book learners to a noisy, colorful world with this new Starting Out title, in American Spanish. Colorful photos, labeled diagrams, 'Make a Noise' section, glossary, and more ignite a passion for learning"-- Provided by publisher.
Identifiers: LCCN 2024002903 (print) | LCCN 2024002904 (ebook) | ISBN 9798889894414 (library binding) | ISBN 9781682776964 (paperback) | ISBN 9798889894537 (ebook)
Subjects: LCSH: Tractor trailer combinations--Juvenile literature. | Truck trailers--Juvenile literature. | CYAC: Tractor trailer. | LCGFT: Instructional and educational works.
Classification: LCC TL230.15 .G743518 2025 (print) | LCC TL230.15 (ebook) | DDC 629.224--dc23/eng/20240205
LC record available at https://lccn.loc.gov/2024002903
LC ebook record available at https://lccn.loc.gov/2024002904

COPYRIGHT © 2025 CREATIVE EDUCATION, CREATIVE PAPERBACKS
International copyright reserved in all countries. No part of this book may be reproduced in any form without written permission from the publisher.

DESIGN AND PRODUCTION
Design by Rhea Magaro
Production by Beeline Media and Design
Art direction by Tom Morgan
Translation to Spanish by Base Tres
Printed in the United States of America

PHOTOGRAPHS by Getty Images (ryasick, Jetta Productions Inc, Colorblind Images LLC), Shutterstock (Michael Shake, freestore 839, Nerthuz, Michael O'Keene, Bob Pool, Siwakorn1933, Vitpho, Africa Studio, Karl R. Martin, Bohbeh, Masekesam, oksana.perkins)